AF293625

Albane Alard

Il était une fois
Des Petits Contes Pour Soi

FSC
www.fsc.org
MIXTE
Papier issu
de sources
responsables
Paper from
responsible sources
FSC® C105338

Albane Alard

Il était une fois

Des Petits Contes Pour Soi

ISBN : 978-2-3225-0348-3
Dépôt légal : Septembre 2023

Édition : BoD – Books on Demand, info@bod.fr
Impression : BoD – Books on Demand, In de Tarpen 42,
Norderstedt (Allemagne)
Impression à la demande

À travers l'exploration de l'énergie de la Lune, des étoiles, des planètes... entre l'idéal, le rêve, l'imaginaire et la vie sur terre, toujours en recherche de l'équilibre du ciel et de la terre. L'équation harmonieuse de la vie passe, je pense, par l'amour de soi, il donne la force, l'audace, le courage de se dépasser, de s'aligner à Soi.

Il était une fois… des petits contes pour Soi.

Tout en gardant une part de magie, de merveilleux, de mystères, telle une enfant, c'est toucher à l'alchimie de l'être et devenir conscient pour incarner son identité.

L'univers me passionne et grâce à la formation d'Émilie Morel en Astrologie, je dois dire que la créativité et l'énergie se conjuguent avec grâce pour se laisser porter entre rêves et réalité. Oser écrire, changer le regard sur son histoire, y mettre de la lumière, de la vie et de l'amour.

Écrire pour grandir, s'épanouir, se libérer et guérir.

LA LIONNE

Il était une fois, au pays du Zodiaque, une petite lionne qui vivait dans une cave sombre dépourvue de lumière. Une triste histoire, au premier regard, mais qui peut être très porteuse.

Cette petite lionne ne pratiquait aucun jeu et ne ressentait aucune créativité en elle. Elle vivait par conséquent, des journées bien ennuyeuses, voire mortifères.

Toujours seule, elle ne recevait ni amour ni reconnaissance et tournait en rond avec colère et même rage. Elle brûlait d'amertume et de désarroi.

Elle était aussi fatiguée par l'effort de tenter de sortir définitivement de cette immonde caverne sombre, humide et poussiéreuse ! Elle avait beaucoup de mal à voir, subissant péniblement une vision trouble, ses yeux étaient irrités par la pénombre constante. Elle était découragée…

La porte d'entrée de sa demeure nauséabonde était très bien gardée par un vieux monsieur et une sorcière aigrie qui lui répétaient en boucle :
« Non tu restes là, tu es à ta place ici, en sécurité »

Cette lionne avait le poil ras, terne. Son « semblant » de fourrure était plein de poussière qu'elle ramassait au passage de ses cent pas. Elle ressemblait à un plumeau défraîchi collectant même toutes les toiles d'araignée.

Ses ongles, eux, étaient ramollis et longs, ne pouvant les user dans la nature au contact de la terre par des sprints. Elle était grasse de l'arrière-train et pourtant ses pattes étaient si faibles et amaigries du manque d'exercice quotidien.

Elle rêvait de gambader à vive allure avec d'autres animaux pendant la journée, en plein soleil et surtout à l'extérieur pour respirer enfin de l'air frais. Comme elle était quand même très maline, elle avait trouvé le moyen de s'éclipser…

La nuit lorsque les gardiens de la porte s'assoupissaient, perdant ainsi le contrôle sur ses allées et venues, elle passait la porte délicatement. La petite lionne partait à la rencontre des animaux de la nuit, le hibou, le renard, le loup... Ils étaient toujours plus difficiles à trouver en début de soirée.

Elle apprit avec le temps à les connaître, à les comprendre et elle parlait très bien leur langage aujourd'hui, mais eux ne l'aimaient pas !

Ils pouvaient être fourbes, menteurs. Ils se moquaient d'elle avec plaisir sans même s'en cacher… Ils disaient d'elle qu'elle portait trop la couleur du jour, du soleil, que la voir était trop aveuglant, qu'elle était trop différente et pour couronner le tout, ils ricanaient en disant :

« C'est fatigant un être qui a toujours besoin d'exister autant ! Elle fait trop sa belle ! »

En plus, les animaux de la nuit trouver ses jeux pénibles, bêtes et ses idées toujours trop dérangeantes, qui semblaient sortir d'un autre monde.

La petite lionne voulait juste jouer et partager, mais elle avait bien compris qu'elle n'était pas acceptée ce qui la rendait vraiment triste. Allant malheureusement de déception en déception, elle se posait toujours ces mêmes questions :

« Mais comment puis-je être acceptée ? Être aimée ? Où dois-je aller ? Avec qui ? Que faut-il faire ? »

Parfois elle le disait même haut et fort.

Malgré tout elle retournait les voir toutes les nuits et rentrait toujours un peu plus déçue que la nuit d'avant. Ses yeux étaient marqués d'une tristesse de plus en plus profonde à chacune de ses balades nocturnes.

La couleur pétillante de son énergie de vie, qu'elle avait lors de ses premières sorties nocturnes, s'assombrissait au fur et à mesure que les mois s'écoulaient. Elle s'éteignait aussi la nuit, comme en journée.

La colère prenait doucement le dessus malgré le silence et la peine cachée à l'intérieur. Même sa maigre crinière blonde trahissait sa vulnérabilité. Celle-ci devenait encore plus légère, mousseuse, si fine qu'elle en perdait le reste de ses poils.

Un jour de profond désespoir, elle se mit à rugir. Là, surprise… Elle ne pouvait plus !!! À force de cacher sa haine, son rugissement avait disparu !!! Comme si elle ne savait plus crier. Elle essaya, à maintes reprises, mais c'était sans succès, il y avait tout juste un son strident qui parvenait à se frayer un chemin par ses cordes vocales, un ridicule couinement.

Elle n'incarnait plus du tout la puissance suave en plus de son énergie solaire. Là, le désespoir, le vide… la submergèrent et cette question récurrente s'imposait :

« Qui suis-je ? un paradoxe, une ambivalence »…

Elle sentait bien qu'elle avait envie et besoin de lumière.

Malheureusement, elle vivait intérieurement et extérieurement dans un sombre permanent. Elle restait de plus en plus allongée à réfléchir, à se tourmenter et même à se détester, se répétant en boucle.

« Ça ne tourne pas rond ! »

Une nuit, elle prit une décision…

Elle ne quitterait pas sa cave !

Elle n'avait pas envie et n'était pas d'humeur non plus à vivre les moqueries habituelles et encore moins à se sentir agressée. Mais qu'allait-elle faire pour s'occuper malgré tout ?

C'est à ce moment-là que lui vint une idée de faire quelque chose de nouveau, de différent !

« Je vais explorer les tréfonds de mon amère résidence et y descendre encore plus bas », se dit-elle avec entrain.

Elle pensait qu'elle y trouverait quelque chose, peut-être. Au pire, même si elle revenait bredouille, ce serait quand même une nouvelle aventure.

La voilà donc bien décidée à partir.

Tout en avançant, elle observait le vide, ressentait le froid glacial d'autant qu'il faisait de plus en plus noir. Elle se sentait courageuse, mais l'angoisse l'a pris au ventre, à la gorge jusqu'à ce que même son corps semblait vouloir la quitter. Elle se touchait vivement les pattes, la poitrine, le museau… rassurée, tout était bien là à sa place. Elle avait quand même très peur, peur de se perdre, de perdre ses repères... mais lesquels ? La cave, les amis de nuit, les gardiens, ses sorties ?

Eh bien, oui !

Elle craignait vraiment de perdre des repères qu'elle connaissait très bien, même si cela voulait dire de vivre dans un inconfort quotidien, des habitudes, de subir un destin…

C'est alors que la colère lui monta au nez, elle s'écria :
« Oh ! misérable confort ! Ce n'est pas une vie de lionne… j'en suis sûre ! S'en est trop ! »

Cette émotion si bien lâchée lui permit de trouver l'impulsion nécessaire pour continuer d'avancer. Elle se fichait totalement du reste… cette aventure était devenue une véritable quête personnelle.

La volonté et le courage qu'elle sentait grandir en elle lui apportaient de la sérénité. Elle se sentait curieusement bien avec un grand sentiment de confiance. Elle cheminait vers l'inconnu et pourtant elle se sentait accompagnée et alignée.

Soudainement, tout au fond de ce trou noir, elle aperçut… une lumière… si puissante… aveuglante… Elle continua d'avancer encore, toujours en contemplant cette attraction qui l'obligeait quand même à plisser les yeux, mais elle était déterminée. Rien ne pouvait l'arrêter…

Ses yeux s'habituant peu à peu à cette lumière vive, elle pouvait enfin voir le sol. S'approchant, elle vit une toute petite clef brillante, en or, posée sur le sol. Une enveloppe avec une serrure était également là à proximité, ainsi qu'une couronne parsemée de très belles pierres de toutes les couleurs.,

La clef semblait ouvrir l'enveloppe.

« Comme c'est étrange » se dit-elle étonnée.

Un petit message était écrit sur l'enveloppe :

« Si tu choisis d'ouvrir l'enveloppe, tu t'engages à poser la couronne
sur ta tête, à remonter à la porte de la cave et à sortir coûte que coûte.
Tu peux aussi choisir de laisser cette enveloppe fermée et de
continuer à faire ce que tu as toujours fait.
Tu es libre ! Libre de choisir là, ici et maintenant »

Sans aucune hésitation ni doute, elle glissa la clef dans la serrure de l'enveloppe. Celle-ci disparut aussitôt, comme par magie.

La lionne posa la couronne sur la tête…

Un miroir apparut… Elle y vit son reflet…

« Ohhhh, mais je suis faite de lumière ! » s'exclama-t-elle.

Elle brillait, scintillait de tout son corps, sa crinière était bouffante et épaisse, elle était juste magnifique, ardente et de feu.

Elle remonta avec une énergie légère et d'amour envers elle-même. Ses yeux pétillaient de joie, de plaisir et de bonheur.

Arrivée à la porte de la cave, il y avait, comme d'habitude, les gardiens, mais ils étaient différents et surtout n'étaient pas seuls. D'autres personnes étaient présentes et discutaient. C'était étrange, ces voix ne lui étaient pas inconnues.
« C'est si bizarre ! » se dit-elle.

Le vieux était devenu un sage, serein et apaisé. La sorcière semblait maternante et si douce.

Ils s'étaient tous deux transformés en êtres de bienveillance et s'exprimaient de manière si calme et posée.

« Bonjour chère Lionne », dit la sorcière avec un sourire joyeux.

Une des personnes présente, le sage Saturne, prit la parole aussitôt :

« Nous avons tous un message à te transmettre :

Ma très chère lionne, le cadre est en toi, sois mature et responsable. Incarne ton énergie, passe à l'action, mais prend aussi bien soin de tes émotions, elles sont un merveilleux cadeau, ne t'en ferme pas ».

La sorcière Lune continua :

« Suis tes intuitions, ta douceur et reviens à toi pour être toujours dans ta juste énergie. Prends bien soin de toi, mais ne te laisse pas envahir par les émotions. Si besoin, exprime-les »

La belle Fée Vénus s'arrêta de danser pour lui chanter :

« Connecte-toi à ta joie et à ton cœur, aime-toi ! valorise-toi ! Ce que tu fais est toujours pour de belles, justes et bonnes raisons, mais ne te compromet pas pour faire plaisir aux autres »

La magnifique Junon dit à son tour :

« Tu n'es pas seule, apprends de l'autre, acceptes-le, il n'est que ton propre reflet… mais surtout ne te perd pas en lui. Tu pourras aller vers l'alchimie, l'engagement et ainsi vivre un mariage sacré tout en gardant ton identité ».

Le père Soleil lui dit :

« Rayonne, sois la reine de ton royaume, sois toujours gentille, douce avec toi en premier, ne fais rien de plus que de t'aimer pour qui tu es. Tu es amour pur !

Amuse-toi, crée, vibre.

Tu seras reconnue et aimée parce que tu as la lumière à l'intérieur de toi, ta lumière est généreuse, sacrée.

Ce rayonnement fait du bien aux autres, même s'ils t'expriment souvent le contraire. Garde confiance, ils ne sont pas encore prêts à se voir en toi, mais ça viendra. »

L'Ange Lilith termina en disant :

« Expérimente tout ce qu'ils viennent de te dire, accepte le vide en toi, accepte tes ombres et de ne pas arriver à rayonner, lâche prise de tout, ouvre-toi, vis et crois aussi en la magie de la vie, aux miracles et… tu verras ! »

Elle les remercia et les honora d'un sourire plein de gratitude.

La lionne sortit de la cave avec tous ces merveilleux messages… puis se mit à courir avec joie et charisme, elle était libre !

Le ciel était bleu, le vent frais et léger. Elle humait l'odeur de la terre sèche et de l'herbe verte légèrement humide.

Elle sentait son corps sur cette Terre.

Elle s'arrêta net pour se retourner sur son passé… Il se dressait devant elle un château immense et magnifique. Dans le même temps qu'elle fut envahie par la surprise, une immense émotion de joie la submergea. Elle n'était pas au bout de ses surprises…

Elle se retrouva totalement transformée en femme…

Elle comprit alors qu'elle n'avait cessé d'être une Reine.

Une reine enfermée dans un château magique.

Une reine avec des guides toujours présents devant la porte de chez elle.

Son regard sur la vie changeait et elle savait que dorénavant elle ne serait plus jamais seule.

CÉLESTE

Il était une fois, au pays du Zodiaque, la fabuleuse histoire d'une énergie qui s'appelait Céleste.

C'était une toute petite étincelle rutilante, avec une problématique… celle du refus, de ne surtout pas pouvoir toucher la Terre.

Elle volait, s'éparpillait, papillonnait et se posait par-ci par-là. Céleste était douce, légère, libre, volatile et cristalline dans son univers, un joli monde aérien et poétique. Elle avait une très belle connexion avec les énergies hautes, mais aussi une immense peur… Elle redoutait tellement d'être touchée, attrapée, blessée, envahie, voire d'être éteinte, qu'elle préférait être là et disparaître quand cela devenait difficile pour elle.

Au moindre contact humain inconnu, elle rebondissait instantanément et filait telle une étoile pour ne réapparaître que bien plus loin, une fois sa distance de sécurité atteinte.

La vie sur Terre pour elle était lourde, plombante et quelque part trop bloquante pour être possible. Elle n'y parvenait pas et refusait même d'essayer, alors elle errait à convenance de plaisir rêveur et enchanteur.

C'était vraiment une bien jolie énergie brillante, voire hypnotique.

Sa vie semblait pour elle si floue et mystérieuse qu'elle ne parvenait pas à trouver sa véritable place.

De plus, elle pensait que sa mission de vie était uniquement d'éclairer le monde de là-haut (en restant perchée dans son ciel) et d'envoyer de l'amour, de la douceur, du soutien sous forme de paillettes colorées.

En même temps, elle s'éclipsait très (voire trop) souvent de la Terre dès qu'elle ressentait de la fatigue. Dans ces cas-là, son étincelle était moins pétillante, d'autant plus si l'humain devenait trop envahissant avec elle, ou que ses ombres venaient la vampiriser. Tout cela l'empêchait de raviver sa flamme alors, pour protéger son feu sacré, elle jouait d'une certaine manière à cache-cache.

En réalité Céleste détestait l'ombre humaine marquée par l'agressivité, la méchanceté, l'emprise et le conflit.

Elle avait toujours pensé, et cru, qu'elle ne devait être présente pour les autres que lorsqu'ils étaient en souffrance, afin de leur ramener un peu d'étincelle de vie, de feu, de chaleur.

Elle savait que son rôle n'était pas de subir, en contrepartie, toute une violence, voire de l'humour insidieusement méchant.

Elle n'était pas susceptible pour autant et même si on la pensait naïve, il y avait tout de même des limites. Malheureusement, ne sachant pas ce qu'elle pouvait faire... elle fuyait.

Elle semblait complètement perdue, la sensation de vivre en permanence dans le chaos, l'ambivalence ! Le paradoxe entre sa mission d'accompagnement et une désagréable sensation de s'y perdre totalement.

N'ayant pas appris à se connecter à ses racines, elle n'avait pas développé un corps assez solide pour lui permettre d'avoir toute la sécurité et la stabilité nécessaires pour faire face à la perversion, bien souvent inconsciente, du monde humain. Cela la rendait très sensible à la froideur humaine lui procurant beaucoup de douleurs au contact. Céleste était vraiment une petite étincelle à fleur de flamme.

Un jour, alors qu'elle virevoltait dans les airs, elle reçut la foudre en plein vol et tomba sur la Terre… secouée… elle fut prise de légers tremblements…

Dans une grande terreur… elle se mit à hurler :
« Je suis à terre ! »

C'était tellement douloureux qu'elle voulut vite… partir, se relever et s'envoler.
« Je dois me ressaisir », cria-t-elle.

Malheureusement elle était toujours très bousculée intérieurement et aussi désorientée. De plus, elle était frustrée de sentir qu'elle était totalement bloquée. Il n'y avait rien à faire… C'était comme si elle n'avait plus d'ailes… elle ne pouvait donner aucune impulsion pour battre ses ailes et s'envoler. Elle se mit à pleurer et à marmonner :
« Ce n'est pas possible un papillon ne devient pas chenille ! Ça n'existe pas ! »

C'était si dur, lourd et pesant de se déplacer. Céleste rampait péniblement… Elle avait même de la difficulté à respirer…

Elle semblait être enfermée dans une enveloppe molle, toute flagada. Malgré son entêtement elle faisait du surplace.

C'est alors qu'un mystérieux phénomène se produisit juste à ses côtés…

Elle ressentit une onde de choc… la Terre semblait vibrer, laissant venir à elle des vagues douces... à chacune d'elles elle entendait un écho !

Elle vit brusquement apparaître, juste à ses côtés, la tête d'un serpent. L'écho persistait et devenait enfin audible. C'était une voix… celle du serpent qui portait un message clair :
« Lâche prise, laisse-toi aller, arrête de gigoter et pose-toi enfin.
Développe ton énergie vers du concret.
Accepte d'être sur la Terre et écoute tes sensations
Incarne ton corps et développe tes sens.
Aujourd'hui, je prends tes ailes et vais les mettre à l'abri au fond du puits de la connaissance. Quand tu seras prête, je te les rendrais ».

Elle n'avait pas le pouvoir, pas le choix. Soit elle disparaissait à jamais, soit elle acceptait la vague du serpent pour retrouver sa vie sans savoir ce qui allait lui arriver.

Étant plombée au sol, elle accepta et prit la décision de vivre.

Elle commença par ressentir en elle une nouvelle faculté, celle de l'observation. Elle se mit à voir autour d'elle toutes les choses bougeaient, s'agitaient, les actions qui s'enchevêtraient et s'emmêlaient créant des conflits, non-dits, attentes, dépendances, émotions... humaines. Cela lui permit de prendre vraiment conscience qu'elle fuyait justement les personnes, les situations, la vie pour ne pas en souffrir.
« C'est si misérable de les voir ! » se dit-elle se pensant être au-dessus d'eux, voire meilleure...

C'est alors qu'une nouvelle vague légèrement électrique se mit à la bousculer !!

Elle entendit le serpent lui dire :

« Toi meilleure ? Oh non ! Tu fuis la vie ici sur Terre ! Tu n'es pas mieux qu'eux ! Ton ego te perd et tu te mens ! Tu as ta place à prendre ! Va vers toi, vers ton sacrée pour apprendre à te positionner ! Ose dire non si tu n'es pas d'accord ! Il n'y a pas de conflits, respecte-toi et apprend à vivre en harmonie avec les autres, car, même en cas de désaccord, l'enseignement à comprendre est que chacun a Sa vérité, ses valeurs et son point de vue ».

Céleste commença donc à s'ouvrir aux autres et à découvrir chez eux des parts d'elle-même, comme l'intolérance. Ce n'était pas toujours les plus lumineuses, mais elle ressentait qu'elle grandissait en maturité.

Cette étape dépassée, elle put se connecter à ses besoins, envies et désirs. Chaque fois qu'elle se préoccupait d'elle, son corps prenait plus d'espace, de force et il semblait s'alléger. C'était une motivation à poursuivre cette exploration de son intériorité avec joie.

Elle était comme libérée de son besoin de fuir et elle put dire à voix haute :

« Mais en fait je peux rester en présence et dire non ! Mettre des limites ! »

Elle venait d'établir une nouvelle connexion en elle.

Comme si l'Univers l'avait entendu, il lui proposa d'expérimenter, mais Céleste ne savait rien.

Elle eut donc l'occasion de dire enfin « Non ! »

Un « non » qu'elle avait vraiment besoin d'exprimer depuis longtemps pour avoir le temps de s'occuper enfin d'elle-même.

Là, tout le monde disparut, elle vécut une grande tristesse, un vide, un rejet, un abandon, une injustice, mais en même temps elle fut libérée d'une forme de fusion, de l'appartenance à une matrice sclérosée depuis toujours.

Elle était devenue un être à part entière, une identité.

Elle put donc développer le « toucher », apprendre de la Terre.

Céleste avait enfin accepté qu'elle avait un corps même s'il était tout affaibli.

Elle ressentit à nouveau une vague puissante, une énergie venant de la Terre et montant jusqu'à sa tête.

C'était une subtile électricité, mais assez puissante pour faire vibrer tout son corps.

Cette énergie était tout de même agréable même si présente et persistante. Elle n'avait pas peur, mais il n'y avait pas le serpent.

Céleste osait de plus en plus affirmer sa féminité et sa douceur envers elle-même.

Elle ondulait sur le sol et utilisait son ancrage pour recréer des mouvements et même serpenter.

Au fur et à mesure que son corps prenait de l'espace, elle pouvait se voir et s'aimer au travers de l'énergie qu'elle déployait, mais aussi par le corps qu'elle incarnait.

Elle comprit ce qu'était l'amour, mais pas n'importe lequel, l'amour pour soi, l'amour propre. Celui qui va grandir en soi, pour soi et peu importe les autres.

Tout cela lui permit d'avoir enfin du respect pour ce qu'elle était, ce qu'elle devenait.

Elle apprit aussi à marcher et à mettre un pied devant l'autre pour aller vers ce qui l'animait ce qui la faisait vibrer et la mettait en joie.

Son défi d'incarner son corps au quotidien, de construire la base de sa structure physique, de s'aligner intérieurement, de vibrer l'énergie l'avait métamorphosée. Céleste put ainsi prendre sa place sur terre.

Elle était fière d'elle, même s'il lui manquait ses pirouettes acrobatiques et aériennes…

C'est alors que la vague se dessina au loin et que le serpent arriva. Il lui dit :

« Je te félicite ! Tu as su accepter et avoir le courage d'affronter une grande transformation en toi, grâce à ce travail sur toi tu as pu contacter ton énergie vitale et même ouvrir ton cœur. Je te rends tes ailes »

Céleste se mit à pleurer de joie.

Elle ne parvenait pas à s'exprimer, ses yeux étaient brillants.

Le serpent souffla alors sur Céleste et MAGIQUE… Il lui posa de magnifiques ailes transparentes dans le dos et ajouta :

« Dorénavant, je suis l'énergie présente en toi et je vais t'accompagner dans ta guérison. Tu t'appelles désormais Racine céleste…

Tu es une jolie petite fée arrivée sur notre merveilleuse Terre. Brille et incarne ton énergie sur la Terre ! Observe… ton cœur s'affole, tu t'envoles ! »

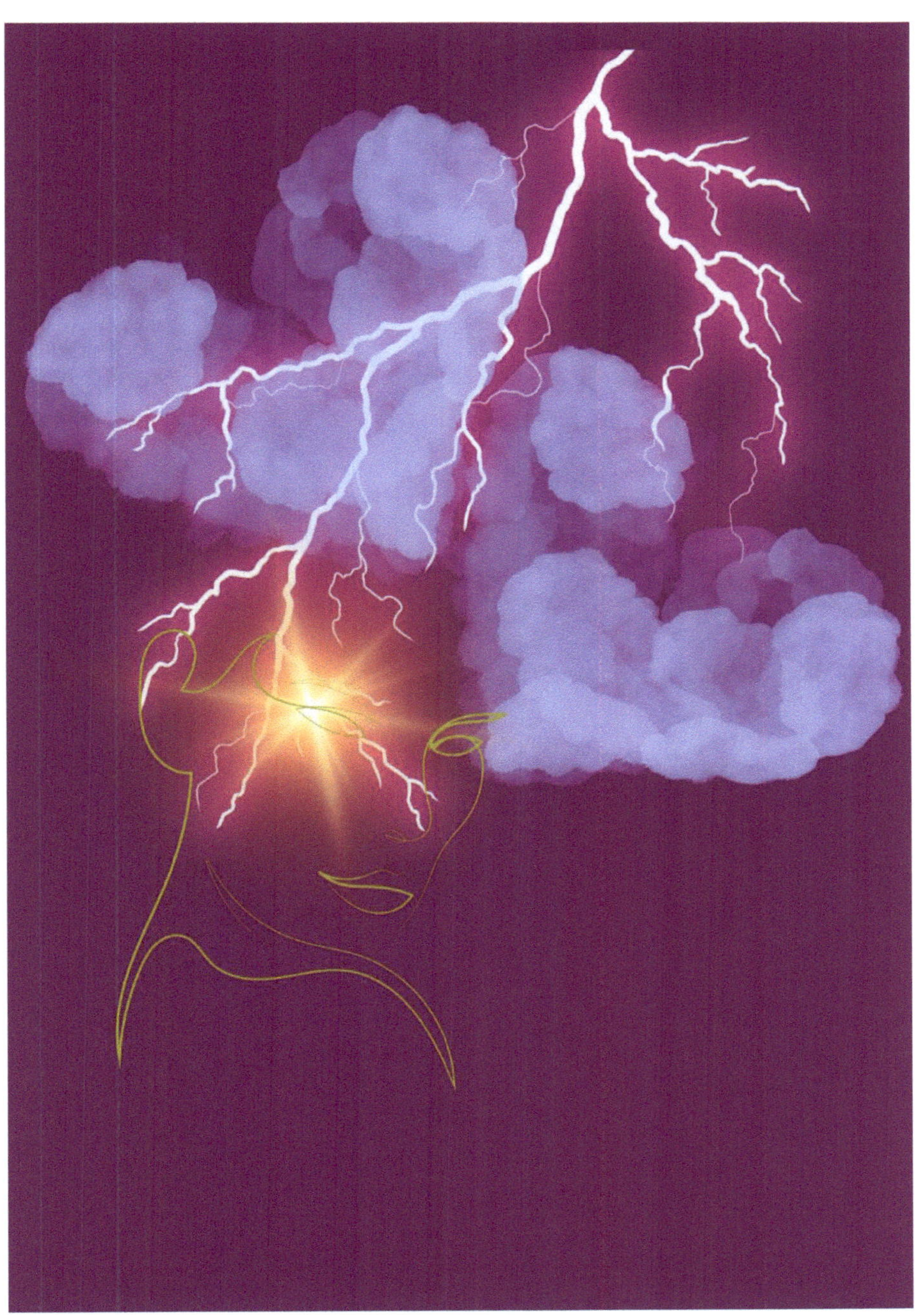

LE PAS « SAGE »

Il était une fois, au royaume du Zodiaque, l'histoire de la fée Céleste. Souvenez-vous… l'étincelle divine qui fut frappé par la foudre…

Cet événement lui a permis de s'unir à la Terre et donc d'offrir cette union sacrée du Ciel et de la Terre.

La « naissance » de Racine Céleste est une arrivée sur terre des plus remarquées et attendue… Ayant tergiversé longtemps, aussitôt arrivée, la voilà déjà face à sa brèche, la fêlure du corps et la grande dévalorisation d'elle-même…

La Terre s'ouvre face à elle et crée deux chemins, deux directions. Elle peut voir deux panneaux, sur un il est inscrit « ouverture », sur l'autre « engagement ».

Oups, cruel dilemme, car elle sait qu'elle a vraiment besoin des deux !

Cependant, elle a très bien compris qu'il est temps pour elle d'oser affronter cette brèche et là, elle y est, elle est même dedans…

Elle décide donc d'y rester, d'autant qu'il y a une très belle lumière qui l'éclaire et comme elle croit aussi en l'amour, ça tombe bien.

Elle lit une nouvelle fois les mots « ouverture » et « engagement » avec foi et joie.

Là, Racine Céleste ressent en elle des pétillements, crépitements. Elle vacille. Son corps se met à trembler, elle a des frissons et se retrouve propulsée dans un canal, souterrain, éclairé par un faisceau lumineux vertical.

Elle lève les yeux et voit le ciel dégagé au-dessus d'elle.

« Je suis totalement alignée dans ce passage », dit-elle à voix haute.

Elle ressent un véritable shoot énergétique.

Celui-ci lui permet de récupérer enfin ses dons, ses talents innés, ses acquis. Elle les voit, posés là, dans une petite valise ouverte. Elle les regarde attentivement, les trie. Doucement, elle vide la valise et vérifie. Aujourd'hui, elle sait qu'elle n'a plus besoin de tout !

Elle peut enfin lâcher prise sur des histoires karmiques, de mémoires ancestrales sombres avec perte de sens, enfermement, folie, addictions…

Une fois le tri terminé, elle organise son nouveau bagage.

Elle passe le badge, qui se trouvait dans la valise, se branche et, comme dans un ascenseur, elle remonte avec envie, désir, élan de vie. Ce vaisseau souterrain l'amène vers sa mission de vie.

Elle a pris un raccourci intuitif, mais maintenant qu'elle est de chair et d'os, pour incarner sa mission de vie sur Terre, il est temps d'expérimenter la matière.

De retour sur Terre, métamorphosée, elle peut reprendre son tour du zodiaque.

Elle choisit donc de transformer le travail, le quotidien en utilisant l'artistique qu'elle a récupéré dans sa valise. Racine céleste est pleine de gratitude envers son Serpent, la Vie, la Terre… quel merveilleux cadeau !

Elle reprend la route, sa quête, son Graal, pour arriver dans quelque temps en Balance avec l'arrivée du Soleil.

Elle pourra ressentir, vivre, la relation au deux, le duo, le beau, le vrai, le bon, le juste, l'harmonie avec confiance. Son ami Pluton l'attend pour l'inviter et l'accompagner à transformer sa place, son devenir et l'épanouissement social, si elle le veut…

Aujourd'hui, Racine Céleste sait déjà que sa réponse sera :

« Oui, je le veux » dans un engagement puissant.

Elle s'étonne elle-même d'avoir cette pensée, ce souhait, cette affirmation…

Racine Céleste pourra poursuivre sa route dans une ouverture collective…

Une quoi ?

Une ouverture ! Eh oui ! Celle qui transforme en passion, émotion avec tous ses ami(e)s atypiques et différents.

Elle aime, adore les personnes un peu perchées, voire extra-terrestres, elles sont le plus beau miroir de sa lumière et de ses ombres aussi.

Si elle se décentre, se perd en chemin, comme cela lui arrive souvent, ou si elle en vient à oublier ses projets, elle est heureuse de savoir qu'elle a son autre ami à qui elle fait entièrement confiance, Neptune. Il est un wifi extraordinaire venant directement de l'Univers. Il lui soufflera la nuit, lors de ses rêves, de belles connexions à l'amour et à la joie.

Elle peut donc continuer à cheminer, voyager, vivre des aventures de transmission par le chant, l'écriture, l'astrologie, la peinture…

Elle sait qu'elle est Lionne, la reine de ses terres, et Céleste, la fée des astres… eh non ! pas désastre…

Racine Céleste est consciente et accepte d'être différente, oui, et son Soleil est là pour rayonner de son énergie atypique.

Bien sûr, tout cela se fait sous l'œil avisé de sa Lune Noire, Lilith, en Lion qui, par sa lucidité et sa puissance, matérialise et incarne ses énergies qui vont du Sagittaire au Poissons.

Bientôt de nouvelles aventures !

En attendant, elle lâche prise et fait confiance.

Ouverture
Engagement
Ancrage

Je remercie Patricia Panneullier pour son aide dans le travail de correction, mise en pages et autoédition.